CATHERINE BELTRÃO

A BREVIDADE DAS COISAS

CATHERINE BELTRÃO

A BREVIDADE DAS COISAS

LETRAMENTO

Copyright © 2023 by Editora Letramento
Copyright © 2023 by Catherine Beltrão

Diretor Editorial Gustavo Abreu
Diretor Administrativo Júnior Gaudereto
Diretor Financeiro Cláudio Macedo
Logística Daniel Abreu e Vinícius Santiago
Comunicação e Marketing Carol Pires
Assistente Editorial Matteos Moreno e Maria Eduarda Paixão
Designer Editorial Gustavo Zeferino e Luís Otávio Ferreira
Imagem de capa Amirali Mirhashemian - Unsplash

Todos os direitos reservados. Não é permitida a reprodução desta obra sem aprovação do Grupo Editorial Letramento.

Dados Internacionais de Catalogação na Publicação (CIP)
Bibliotecária Juliana da Silva Mauro - CRB6/3684

B453b	Beltrão, Catherine
	A brevidade das coisas / Catherine Beltrão. - Belo Horizonte : Letramento, 2023.
	166 p. ; 14 cm x 21 cm.
	ISBN 978-65-5932-356-2
	1. Literatura brasileira. 2. Microcontos. 3. Brevidade. 4. Imaginação. 5. Percepção I. Título.
	CDU: 82-36(81)
	CDD: 869.93

Índices para catálogo sistemático:
1. Literatura brasileira - Historietas 82-36(81)
2. Literatura brasileira - Conto 869.93

LETRAMENTO EDITORA E LIVRARIA
Caixa Postal 3242 – CEP 30.130-972
r. José Maria Rosemburg, n. 75, b. Ouro Preto
CEP 31.340-080 – Belo Horizonte / MG
Telefone 31 3327-5771

DEDICATÓRIA

Dedico este livro ao momento em que fui concebida. O resto é consequência.

Tinha só meia sombra.
Nenhum espanto.
Era só meio homem.

Marina Colasanti

AGRADECIMENTOS

No momento em que chegamos ao final da checagem de uma lista de tarefas para um determinado projeto, os agradecimentos são sempre insuficientes. Jamais conseguirei me lembrar de todas as pessoas que participaram da publicação desse livro de microcontos! Mas vamos lá. Talvez seja interessante eu contar uma história…

Em março de 2021, **Marcia Lobosco**, minha guru literária, praticamente me intimou a fazer um curso de Pós-graduação: o de *Literatura Brasileira de Autoria Feminina*, oferecido pela UCAM, coordenado por **Cintia Barreto**. Em abril, eu iniciava o curso. De lá pra cá, a cada mês um novo módulo, novos aprendizados, novos contatos, novos afetos. Em novembro, o módulo era *Feminino e Maravilhoso Simbólico na Prosa Colansantiana*, a cargo da professora **Simone Paulino**. Fui, então, apresentada ao universo de Marina Colasanti e, mais especificamente, ao livro *Hora de Alimentar Serpentes*. Foi paixão ao primeiro folhear! Fiquei fascinada com aquelas frases que continham o cosmos dentro de si. A identificação com a minha forma de pensar foi imediata, a ponto de eu decidir escrever microcontos e, quiçá, nanocontos. Iniciei a escrita em primeiro de dezembro. Ao final do mês, havia produzido um conteúdo de cerca de duzentos títulos, base para a publicação de um livro.

Em dezembro, paralelamente à escrita dos microcontos, eu me inscrevi no curso *Escritor Profissional 4.0*, da plataforma *Carreira Literária*, de **Flávia Iriarte**, que me proporcionou um *upgrade* em minha carreira de escritora, através do conhecimento do mercado editorial, incluindo estratégias de marketing e ferramentas para publicações digitais. Assim, entre outros aplicativos, aprendi a utilizar o Wattpad com a professora **Larissa Lair**, onde pude aumentar a minha rede de contatos de escritores e leitores, além de publicar alguns dos microcontos deste meu primeiro livro de microcontos, *"A Brevidade das Coisas"*.

Como leitores Beta do livro convidei **Fátima Macedo, Vanessa Meriqui e Lorena Saraiva**, que muito contribuíram para a leitura e para as primeiras impressões sobre o texto.

A leitura crítica de **Marcela Zaidan** foi essencial para o processo de adequação do livro ao mercado editorial.

Para fazer a revisão, que eu quis ser primorosa, fui procurar a mestra **Aline de Morais**. Escolha mais do que acertada!

E, para a confecção da capa, a diagramação e a publicação deste livro, contei com a preciosa competência da **Editora Letramento** que, através de **Gustavo Abreu** e sua brilhante equipe, deram consistência ao produto final.

A publicação de um livro não é um processo solitário, e sim uma interação de mãos, corações e mentes. Meu muito obrigada a todos!

SUMÁRIO

17	**INTRODUÇÃO**
19	**PARTE 1** **DAS REVISITAÇÕES**
20	1.1. **CONSTELAÇÃO** *CONTOS DE FADA*
21	CINDERELA
22	CHAPEUZINHO VERMELHO
23	BRANCA DE NEVE
24	A BELA ADORMECIDA
25	A BELA E A FERA
26	JOÃO E MARIA
27	RAPUNZEL
28	A PEQUENA SEREIA
29	PINÓQUIO
30	A PRINCESA DE VERDADE
31	1.2. **CONSTELAÇÃO** *FÁBULAS*
32	A CIGARRA E A FORMIGA
33	A LEBRE E A TARTARUGA
34	A RAPOSA E AS UVAS
35	O LOBO E O CORDEIRO
36	O LEÃO E O RATO
37	A RAPOSA E O CORVO
38	A GALINHA E OS OVOS DE OURO
39	1.3. **CONSTELAÇÃO** *CLÁSSICOS*
40	O MARLIM
41	O FURACÃO
42	O PRÍNCIPE

43		O CANTO DA SOLIDÃO
44		A SOBREVIVENTE
45		ASAS DE PAPEL
46		CAMINHOS E NINHOS
47		O ASSASSINATO
48		O MISERÁVEL
49		A OUTRA HISTÓRIA DOS BICHOS
50		A GUERRA E A MENINA
51		PAIXÃO
52		TRÊS MENINAS
53		**PARTE 2 DO MICROCOSMOS**
54	2.1.	CONSTELAÇÃO *ERA UMA VEZ*
55		AS DUAS BELAS
56		AS DUAS TAÇAS
57		O CASTIÇAL E A VELA
58		PAIXÃO ENTRE ESPUMAS
59		OS AMARELOS
60		O JARDIM DE LUAS
61		O TAPETE VOADOR
62		O FRASCO
63		A CHALEIRA E O BULE
64		A FOLHA AZUL
65		A CONCHA
66	2.2.	CONSTELAÇÃO *POESIA*
67		TEIA DE SAUDADES
68		LEMBRANÇA
69		VIOLA

70		PALAVRAS-PÉTALAS
71		CANTO TRISTE
72		O BAÚ
73		O JARDIM DE ESTELA
74		A TEMPESTADE
75		BALÃO DE LEMBRANÇAS
76		A GAROTA
77		TRISTE BORDADO
78		A VITRINE
79		CRIAÇÃO LITERÁRIA
80	2.3.	**CONSTELAÇÃO** *HUMOR*
81		PISCA-PISCA
82		RELEMBRANÇA
83		A SAIA E OS VENTOS
84		O PERIGO DAS FRAÇÕES
85		DESEJO
86		TROCA DE COR
87		DE PERFIL
88		A REUNIÃO DOS PORTA
89		A GATA ROSA
90		BANDEIRA
91		A ÁRVORE DE NATAL
92		NÃO DEU
93	2.4.	**CONSTELAÇÃO** *FANTASIA*
94		A MOÇA VELHA
95		O LEÃO E O UNICÓRNIO
96		ERUPÇÃO
97		DESEJO MARINHO

98		O PEDAÇO DA BOCA
99		PÃO DE AÇÚCAR
100		A SOMBRA QUE FALTAVA
101		A BOLHA
102		AS PEDRAS TAMBÉM SONHAM
103		O COLAR DE GRÃOS
104	2.5.	**CONSTELAÇÃO** *FILOSOFIA*
105		O ESCRAVO
106		CORES
107		ESTRELAS FALTANDO
108		MARCAS
109		VINGANÇA
110		*THE END*
111		A CHAVE
112		A JANELA
113		O PORTA-RETRATOS
114		OS TRÊS CASTELOS
115		IDA E VOLTA
116		O QUADRO
117		O NOVO MEDO
118		O ENTORNO
119	2.6.	**CONSTELAÇÃO** *FOLCLORE*
120		PROCURA MACABRA
121		A FLOR DO SACI
122		BOTO DESCONTENTE
123		CURUPIRA APRONTANDO
124		IARA E O CANTO INVERTIDO
125		DESILUSÃO JUNINA

126	DA FOLIA AO CARNAVAL
127	A DECISÃO DA FESTA
128	A CAVALHADA DIVIDIDA
129	NÃO ERA PRA SER
131	**PARTE 3** **DO NANOCOSMOS**
132	3.1. CONSTELAÇÃO *VINHO*
133	LEITURAS
134	AREIA
135	*LES FEUILLES MORTES*
136	RIO DE LÁGRIMAS
137	SONHO DE MENINA
138	MADRUGADA
139	SEM SAPATOS
140	NINHO DE NUVENS
141	ANÚNCIO
142	A DÚVIDA
143	PEDRAS
144	3.2. CONSTELAÇÃO *CERVEJA*
145	DEMAIS
146	PRA CIMA
147	APESAR DE
148	A SECO
149	DETALHE
150	NEM PASSADO, NEM FUTURO
151	O ESCONDERIJO
152	DEPOIS DA CHUVA
153	FELIZ ANO NOVO

154		A CAIXA DE PANDORA
155		MANHÃ DE ARLEQUIM
156		O ASTRONAUTA
157		SEM VOLTA
158	**3.3.**	**CONSTELAÇÃO *ÁGUA***
159		O LAGO
160		DIA INESQUECÍVEL
161		QUASE CÉSAR
162		CHAPÉU ANTIGO
163		A CAMINHADA
164		A RECEITA
165		O BEIJA-FLOR

INTRODUÇÃO

Estamos vivendo no tempo breve. No espaço breve. Não há quase tempo para pensar, para dizer, para fazer. Não há quase espaço para morar. E como fica a escrita neste contexto? E como ficam as emoções que a escrita provoca?

Foi pensando nisto que resolvi escrever este livro. Um livro de microcontos.

Mas o que é um microconto? É um conto com pouquíssimas palavras, poucos caracteres. Na verdade, até cento e cinquenta toques, contando a pontuação e os espaços. Mas como então contar uma história, com personagens, cenário, conflito, clímax? O microconto somente sugere a história. O importante é que o leitor se emocione em poucos segundos e, quem sabe, tenha até vontade de querer desenvolver a história, seja continuando a escrita, seja desenhando.

Quando comecei a escrever esses microcontos, senti algo parecido com o que aconteceu ao escrever os meus primeiros haicais. Para quem gosta de proporções, eu diria que o microconto está para o conto assim como o haicai está para o poema. O objetivo é sintetizar em poucas palavras o que se quer transmitir: uma emoção. E, o que é mais importante: deixar livre o pensamento do leitor a respeito do que leu.

A Brevidade das Coisas está dividido em três partes, cada uma delas apresentando constelações.

A primeira parte – *Das Revisitações* – constitui exemplos de intertextualidade e de transficcionalidade com contos de fada, fábulas e clássicos da Literatura. Esses microcontos não pretendem ser resumos dos contos ou dos romances, mas, pelo contrário, são novos olhares para grandes textos e personagens famosos.

Na Constelação Contos de Fada, *A Bela Adormecida*, *Cinderela* e o *Chapeuzinho Vermelho*, entre outros, são propostas de reescritas, viabilizando outras ideias, outros caminhos. Em seguida, algumas fábulas foram reunidas também em uma constelação e ganharam nova concepção. *A Cigarra e a Formiga*, *A Lebre e a Tartaruga*, *A Raposa e as Uvas* estão entre elas. Na terceira constelação, foi a vez de alguns clássicos da Literatura receberem tratamento sintético. Livros como *O Velho e o Mar*, de Ernest Hemingway, *E o Vento Levou*, de Margareth Mitchell e *Cem Anos de Solidão*, de Gabriel García Márquez foram algumas das obras revisitadas e que vestiram uma roupagem de microconto.

A segunda parte, intitulada *Do Microcosmos*, é a maior. São microcontos vindos da imaginação livre, sem revisitações. Este microcosmo também foi subdividido em constelações. A constelação *Era uma vez* sugere algum conto infantil, quem sabe? Na constelação *Fantasia*, a imaginação corre solta, dando voz a pedras e seres mitológicos. A constelação *Poesia* é toda formada por microcontos delicados e ilusórios. Um pouco de graça não podia faltar e a constelação *Humor* trata disso. Os microcontos que exigem um pouco mais de reflexão ficaram agrupados na constelação *Filosofia*. Encerrando esta parte, a constelação *Folclore* oferece personagens e festas populares tradicionais brasileiras, em poucos caracteres.

Do Nanocosmos, a terceira e última parte, apresenta os nanocontos, com textos de até cinquenta caracteres, excetuando pontuação e espaços, o que representou um desafio de síntese! Nesta parte, a ideia é brindar o leitor com as constelações *Vinho*, *Cerveja* e Água.

Ao todo, são cento e trinta e um títulos. Cento e trinta e uma propostas de histórias revisitadas ou não, mas todas pescadas em uma imaginação, ao mesmo tempo, bravia e profunda, como são todas as imaginações. Seja a minha ou a do leitor.

CATHERINE BELTRÃO

PARTE 1
DAS REVISITAÇÕES

19

1.1. CONSTELAÇÃO
CONTOS DE FADA

Cinderela

O sapatinho de cristal estava vazio. Com a chuva, encheu logo. Mas ainda parecia um vaso sem flor.

Também conhecido como *A gata borralheira*, a primeira versão literária do conto *Cinderela* foi publicada por Giambattista Basile, em 1634. As versões escritas mais populares são a de Charles Perrault, publicada em 1697, e a dos irmãos Grimm, de 1812.

Chapeuzinho Vermelho

Ela nunca gostou da capa vermelha. Preferia a amarela. No entanto, o lobo gostava de morangos...

A primeira versão impressa de Chapeuzinho Vermelho foi publicada por Charles Perrault, em 1697. No entanto, a versão mais popular é uma adaptação realizada pelos irmãos Grimm, em 1857.

Branca de Neve

Diante do espelho, ela tinha a pele ainda mais branca como a neve. Ao comer a maçã, tudo escureceu!

Branca de Neve é um conto alemão do século XIX, cujo primeiro registro escrito é de Giambattista Basile. A versão mais popular foi uma adaptação publicada pelos irmãos Grimm, em 1812.

A Bela Adormecida

Enfeitiçada, ela esperou cem anos para acordar. Quando abriu os olhos, não conhecia mais ninguém.

O primeiro registro escrito de *A Bela Adormecida* é de autoria de Giambattista Basile e foi publicado em 1634. A obra foi adaptada por Charles Perrault (em 1697), e depois pelos irmãos Grimm (em 1812).

A Bela e a Fera

A princesa sempre soube que guardava uma fera dentro de si. Precisou conhecê-la para, então, se apaixonar.

A Bela e a Fera é um conto de origem francesa e foi escrito originalmente por Gabrielle-Suzanne Barbot. A versão do conto que se popularizou é uma adaptação feita por Jeanne-Marie LePrince de Beaumont em 1756.

João e Maria

Junto às pedras, havia biscoitos pelo caminho. Sem recheio.

João e Maria é de origem oral alemã e foi publicado pelos irmãos Grimm, em 1812.

Rapunzel

Não havia pente que desse conta dos cabelos da menina. Até o dia em que seu pai resolveu adaptar uma máquina de fazer cabelo de anjo.

Rapunzel foi escrito originalmente por Charlotte-Rose de Caumont de La Force e publicado em 1698. Em 1815, foi adaptado pelos irmãos Grimm.

A Pequena Sereia

Ela, cansada de ser sereia, resolveu procurar alguém que quisesse ser sereia. Finalmente, achou. Mas ele não gostou da cauda.

A Pequena Sereia foi escrito pelo dinamarquês Hans Christian Andersen e publicado em 1837.

Pinóquio

Ele não gostava de ser boneco. O seu sonho era ser um velho simpático, com barba branca e rugas na testa. Mas e o nariz?

O criador de *Pinóquio* foi Carlo Collodi (1826-1890), que costumava usar o pseudônimo Carlo Lorenzini. Quando tinha 55 anos, Carlo começou a escrever as histórias de Pinóquio numa revista infantil. As aventuras foram publicadas numa série de fascículos.

A Princesa de Verdade

Depois de ter devolvido a ervilha para a mãe do príncipe, ela sentiu desejo de tomar uma sopa. De ervilha.

O conto *A Princesa e a Ervilha* foi eternizado por Hans Christian Andersen e teria sido ouvido durante a infância do rapaz na Dinamarca.

1.2. CONSTELAÇÃO *FÁBULAS*

Esopo (620 a.C. – 564 a.C.), escritor da Grécia Antiga, foi o responsável pela criação e divulgação do gênero literário. Os seis microcontos e o nanoconto apresentados a seguir foram inspirados em fábulas de Esopo.

A Cigarra e a Formiga

A cigarra cantou tanto que perdeu a voz. A formiga, então, foi estudar canto.

A Lebre e a Tartaruga

Chovia. A lebre não queria molhar aquele lindo pelo. Foi descansar e dormiu. Nem viu quando a tartaruga passou, com o barulho da chuva no casco.

A Raposa e as Uvas

Entediada, a raposa olhou para as uvas. Eram roxas. Passou direto. Queria uvas verdes.

O Lobo e o Cordeiro

Quando o lobo viu o cordeiro também bebendo no rio, achou que já tinha bebido o bastante.

O Leão e o Rato

Nervoso, o rato roeu tanto a rede que quebrou os dentes.

A Raposa e o Corvo

O corvo já havia roubado o queijo. Agora, era a vez da raposa.

A Galinha e os Ovos de Ouro

Ela nunca imaginou que eles podiam valer tanto. Resolveu, então, entrar para o mercado de ovos.

1.3. CONSTELAÇÃO *CLÁSSICOS*

O Marlim

O velho pescador, tendo fisgado o marlim, decidiu soltá-lo e chorar.

O Velho e o Mar é uma novela do escritor norte-americano Ernest Hemingway (1899-1961), escrita em Cuba, em 1951, e publicada em 1952. Foi a última grande obra de ficção de Hemingway a ser publicada ainda durante a sua vida, sendo uma das suas obras mais famosas.

O Furacão

Ele não era esperado. Mas chegou e levou quase tudo. Sobraram as lembranças e um pouco de esperança.

E o Vento Levou é um romance histórico da escritora e jornalista norte-americana Margaret Mitchell (1900-1949), publicado pela primeira vez em 1936.

O Príncipe

Cansado de cuidar de sua rosa, o príncipe resolveu mudar de asteroide. Foi e voltou logo. Não encontrou rosa igual.

O Pequeno Príncipe é uma novela do escritor e aviador francês Antoine de Saint-Exupéry (1900-1944), originalmente publicada em inglês e francês em abril de 1943, nos Estados Unidos.

O Canto da Solidão

Ele chegou à cidade de Macondo e procurou o seu canto. Pensou não conseguir, mas, finalmente, ouviu um som conhecido.

Cem Anos de Solidão é uma obra do escritor colombiano Gabriel García Márquez (1927-2014), Prêmio Nobel da Literatura em 1982 e publicada pela primeira vez em 1967. Atualmente, é considerada uma das obras mais importantes da literatura latino-americana.

A Sobrevivente

Anna foi única. Morreu várias vezes. Mas, de todas as mortes, sobreviveu ao esquecimento.

Anna Karenina é um romance do escritor russo Liev Tolstói (1828-1910). A história começou a ser publicada por meio da revista *O Mensageiro Russo*, entre janeiro de 1875 e abril de 1877. A primeira publicação do romance completo aconteceu em 1877.

Asas de Papel

Carolina era uma catadora de papel. Um dia, seus papéis viraram asas. Seus escritos, sonhos, quase pássaros.

Quarto de Despejo: Diário de uma Favelada, livro publicado pela primeira vez em 1960, foi escrito pela brasileira Carolina Maria de Jesus (1914-1977), uma das primeiras escritoras negras do Brasil e considerada uma das mais importantes escritoras do país.

Caminhos e Ninhos

Queria voar, mas Diadorim acabou fazendo um ninho no coração de Riobaldo.

Considerado uma das mais significativas obras da literatura brasileira, o romance épico *Grande Sertão: Veredas* foi escrito por João Guimarães Rosa (1908-1967) e publicado inicialmente em 1956.

O Assassinato

Acostumada a matar, a pobreza assassinou a agiota sem precisar se sentir culpada.

Crime e Castigo é um romance do escritor Fiódor Dostoiévski (1821-1881), publicado na revista literária *O Mensageiro Russo* durante doze edições mensais ao longo do ano de 1866. Posteriormente, foi publicado em volume único. É o segundo romance de Dostoiévski, escrito após seu exílio de dez anos na Sibéria.

O Miserável

Para ele, miserável, o pão roubado custou caro: a liberdade e a rejeição da sociedade.

Os Miseráveis, publicado em 1862, é um romance do escritor francês Victor Hugo (1802-1885) e foi escrito em 12 anos, durante o seu exílio na ilha de Guernsey, no Canal da Mancha.

A Outra História dos Bichos

Junte-se a nós! – disse o porco.
Mas eu não sou porco... – respondeu o outro.
Não faz mal. Você se encaixa.

A *Revolução dos Bichos* é uma fábula satírica do escritor inglês George Orwell (1903-1950), publicado no Reino Unido em 1945 e incluída pela revista americana *Time* na lista dos 100 melhores romances da língua inglesa.

A Guerra e a Menina

Uma pequena menina escreveu sobre uma grande guerra. A guerra acabou. A menina sobreviveu em todos os cantos do planeta.

O Diário de Anne Frank é um livro escrito por Anne Frank (1929-1945) entre 12 de junho de 1942 e 1º de agosto de 1944, durante a Segunda Guerra Mundial. Publicado inicialmente na Holanda, em 1947, depois foi publicado em mais de 40 países e traduzido em mais de 70 idiomas.

Paixão

Em uma viagem ao Pará, Capitu enamorou-se do boto cor-de-rosa. Lá mesmo, engravidou. Bento tinha ficado na capital.

Dom Casmurro é um romance escrito por Machado de Assis (1839-1908), publicado pela primeira vez em 1899 pela Livraria Garnier. Foi traduzido para diversas línguas e é considerado uma das obras mais fundamentais de toda a literatura brasileira.

Três Meninas

Moravam em um pensionato. Três aranhas presas em uma teia só. Foi então que cada uma resolveu tecer a sua própria teia.

As Meninas é um romance de Lygia Fagundes Telles (1918-2022), escrito em 1973 e premiado com o Prêmio Jabuti, em 1974.

PARTE 2
DO MICROCOSMOS

2.1. CONSTELAÇÃO
ERA UMA VEZ

As Duas Belas

Era uma vez duas princesas. Uma dormiu cem anos. A outra se envolveu com uma fera. Ambas poderiam ter amado mais. Chorado mais. Vivido mais.

As Duas Taças

Era uma vez duas taças. Esperaram uma vida para se tocar. Nesse tempo todo, não houve nada a ser brindado.

O Castiçal e a Vela

Era uma vez um castiçal. Um dia, faltou luz. Foi quando ele conheceu a vela que, aos poucos, se consumiu em seu corpo.

Paixão entre Espumas

Era uma vez um sabonete. Ficava no beiral da janela olhando as ondas do mar. Apaixonou-se por uma, perdidamente, a ponto de juntarem suas espumas.

Os Amarelos

Era uma vez dois amarelos. O amarelo-girassol de Vincent e o amarelo-fome de Carolina. Um dia, se conheceram. E se entenderam.

O Jardim de Luas

Era uma vez um jardim. Ao invés de flores, havia luas. Muitas luas. Mas uma delas nunca cresceu.

O Tapete Voador

Era uma vez um tapete voador. Mas, de tanto ser pisado, não conseguia mais voar.

O Frasco

Era uma vez um frasco de perfume. Ele vivia triste, pois queria ser uma garrafa. Pra ser beijada.

A Chaleira e o Bule

Era uma vez uma chaleira. Ela não gostava do bule, mas adorava café.

A Folha Azul

Era uma vez uma folha. Tinha nascido verde, mas um dia resolveu tomar banho de cachoeira. Naquele dia, a água estava azul.

A Concha

Era uma vez uma coleção de conchas. Todas numa caixa. Um dia, foram parar em um livro. Menos uma, que resolveu voltar pra praia.

2.2. CONSTELAÇÃO *POESIA*

Teia de Saudades

A linha fugiu do horizonte e foi tecer a teia de saudades do velho pescador.

Lembrança

O coração já não pulsava como antes. Só se ouviam as batidas da saudade.

Viola

Ele esperou o primeiro raio de sol para tocar sua viola enluarada.

Palavras-pétalas

Duas velhas margaridas conversavam no jardim. Choveu. As palavras ficaram espalhadas pelo chão.

Canto Triste

Enquanto ouvia o canto dos pássaros na tarde cinzenta, sua tristeza desabou junto ao pranto e às gotas que chegavam do céu. Até o arco-íris atrasou.

O Baú

Ela dormia sempre que podia. E sonhava. Um dia, não conseguiu dormir. Mas não se importou, pois tinha um baú de sonhos.

O Jardim de Estela

A mais linda estrela tinha sido arrancada do céu. Pertencia agora ao jardim de uma menina chamada Estela.

A Tempestade

De repente, ela se viu envolvida em uma tempestade de poeira. Poeira de flores.

Balão de Lembranças

Ela soprou os sonhos, inchando suas lembranças, até estourar.

A Garota

Depois dela, Ipanema nunca mais foi a mesma. Até o pôr do sol virou emoção.

Triste Bordado

Ao bordar sua tristeza com as estrelas da madrugada, uma delas se desprendeu.

A Vitrine

Estava perdida. Finalmente se reencontrou na vitrine de um sonho.

Criação Literária

O lápis feriu o papel. A borracha acariciou. Ele sujou. Ela limpou. Ao lerem o livro pronto, ambos choraram.

2.3. CONSTELAÇÃO *HUMOR*

Pisca-pisca

Naquela noite, a Lua piscou vinte e duas vezes. Nem mais, nem menos. Foi quanto o bêbado contou, antes de cair.

Relembrança

Ele relembrava dela toda vez que chovia forte. Do som e das cores. Era a sua cachoeira preferida.

A Saia e os Ventos

Todos os dias a saia costumava brincar com o vento. Um dia ele não apareceu. Veio outro. Ela nem percebeu a diferença.

O Perigo das Frações

De tanto pensar em números, um dia acordou fracionada. Nunca mais voltou a ser inteira.

Desejo

Ela era verde, mas queria ser vermelha. Sem passar pela amarela. Não gostava dos intervalos.

Troca de Cor

De tanto olhar as estrelas, o batom vermelho virou dourado.

De Perfil

Ela deitava de lado porque preferia que a admirassem de perfil.

A Reunião dos Porta

Certo dia, os porta resolveram se reunir. Havia porta-copos, porta-guardanapos, porta-talheres, porta-retratos. Foi quando chegou o porta-aviões.

A Gata Rosa

Aquela gata se chamava Rosa. E não era à toa. Além das garras, ela tinha espinhos.

Bandeira

Era uma bandeira vaidosa. A cada dia, pedia para ser dobrada de forma diferente. Dizia que era para evitar rugas.

A Árvore de Natal

Lá do alto, a estrela decretou que a árvore de Natal seria candidata a presidente.

Não deu

Ela gostava de colecionar coisas: selos, lápis, cartões postais. Guardava tudo em uma caixa. Até que, certa vez, começou uma coleção de sorvetes...

2.4. CONSTELAÇÃO *FANTASIA*

A Moça Velha

A moça era tão distraída que nem percebeu quando os seus cabelos perderam o valor. Não eram mais de ouro, mas sim de prata.

O Leão e o Unicórnio

Quando o leão voltou, ela deixou de ver a imagem do unicórnio no espelho.

Erupção

Resignada, a montanha não pareceu se importar: desfez-se em lava e adormeceu.

Desejo Marinho

A menina queria ser uma sereia. Mas um cavalo-marinho servia. Ou até mesmo uma pérola.

O Pedaço da Boca

O espelho que segurava caiu e quebrou-se. Ela procurou o pedaço onde estava refletida a sua boca.

Pão de Açúcar

O dia em que ele se assumiu como pão, não precisou mais de açúcar.

A Sombra que Faltava

Nunca houve alguém mais voraz. Comia tudo o que via. Chegou a comer sua própria sombra.

A Bolha

Havia muitas bolhas de sabão no ar. Uma delas carregava um sonho. Por isso mesmo, não estourou.

As Pedras também Sonham

Dormiu com as pedras, cobriu-se de musgo e sonhou que era sereia.

O Colar de Grãos

Um dia, os grãos se juntaram e fizeram um colar. Tinha grão-de-bico, de arroz, de trigo. Menos o grão de areia, que preferiu seguir enfeitando o mar.

2.5. CONSTELAÇÃO *FILOSOFIA*

O Escravo

Ele nunca imaginou que pudesse ser livre. Até o dia em que saiu de si mesmo.

Cores

Vestiu-se de verde e amarelo. Enquanto esperava o azul, o branco e o vermelho, pensava nos cinquenta tons de cinza.

Estrelas Faltando

Não gostou do que viu. Desligou a televisão e foi abrir a janela. Havia pouca estrela no céu.

Marcas

O Sol queimou sua pele e esquentou seus pensamentos. Pensamentos solares. Deixou marcas no corpo. Mas ele guardou as marcas dos pensamentos lunares.

Vingança

O desejo de vingança se aninhou em sua garganta. Dissipou-se com uma gota de mel.

The End

Porque não gostava da palavra "Fim", ele relia cada livro até a penúltima página.

A Chave

Suas chaves abriam todas as portas do castelo. Menos uma. Esta não abria porta nenhuma.

A Janela

Eram várias janelas abertas e uma porta fechada. Ele preferiu fechar uma janela.

O Porta-Retratos

Não era um porta-retratos qualquer. Esse continha a foto de um momento ainda não vivido.

Os Três Castelos

Ela sonhou que morava em um castelo de pedra, brincava com um castelo de areia e soprava um castelo de cartas. Mas não possuía castelo.

Ida e Volta

Cansada de sonhar, foi viver seus sonhos. Cansada de viver, foi sonhar sua vida.

O Quadro

Com o passar dos anos, a moça foi perdendo o brilho. A moldura era a sua gaiola.

O Novo Medo

Aprendeu a conhecer os sons. Confiava neles. Até o dia em que ouviu um novo som. Teve medo. De perder os outros.

O Entorno

Eram tantos verdes que não prestou atenção aos azuis. Até aparecerem os cinzas.

2.6. CONSTELAÇÃO *FOLCLORE*

Procura Macabra

Ficou procurando a cabeça da mula pra juntar à coleção.

A Flor do Saci

O que o Saci queria mesmo era cuidar de uma flor. Não precisava ser rosa. Podia até ser bromélia.

Boto Descontente

Um dia, o boto se percebeu cor-de-rosa. Não gostou. Nadou rio adentro, à procura do arco-íris.

Curupira Aprontando

O futuro estava à sua frente, mas continuava agarrada ao passado. Parecia possuída pelo Curupira.

Iara e o Canto Invertido

Reza a lenda que, um dia, o Curupira descansava na praia quando foi seduzido pelo canto da Iara. Adentrou a floresta e nunca mais foi visto.

Desilusão Junina

Ao ver a sua cocada proseando com o arroz doce, o pé de moleque se desfez em pedaços.

Da Folia ao Carnaval

Desiludido de ser palhaço na Folia de Reis, ele foi tentar a sorte como pierrô no Carnaval.

A Decisão da Festa

Presa ao mastro, a bandeira do Divino decidiu: na próxima vez, iria ser balão.

A Cavalhada Dividida

Todos os anos, participavam da festa. Ele de um lado, seu cavalo do outro.

Não Era Pra Ser

Já tinha sido a Mãe Catirina, o Pai Francisco e o narrador. Só faltava ser o boi. A pandemia chegou antes.

PARTE 3
DO NANOCOSMOS

3.1. CONSTELAÇÃO *VINHO*

Leituras

Ela lia livros não escritos. Depois, esquecia.

Areia

Ela veio do deserto pra morrer na praia.

Les Feuilles Mortes

Mesmo caídas, as folhas sempre preferiam o outono.

Rio de Lágrimas

De tanto chorar, virou rio salgado.

Sonho de Menina

Nunca quis ser bailarina. Só sapatilha. De ponta.

Madrugada

Ela ficou dentro da noite, esperando o orvalho.

Sem Sapatos

Andou descalça até encontrar sapatos que sonhassem.

Ninho de Nuvens

Não era uma montanha qualquer. Aninhava nuvens.

Anúncio

Procura-se uma moça sem um dos braços.

A Dúvida

Foi só esperar o dia clarear que tudo foi esclarecido.

Pedras

Atiraram tantas pedras que fez uma fortaleza.

3.2. CONSTELAÇÃO *CERVEJA*

Demais

Veio do nada e queria tudo. Explodiu.

Pra Cima

Subia mais escadas do que descia. Chegou lá.

Apesar de

Apesar da pressa, perdeu a nuvem.

A Seco

Jantaram primeiro. O vinho foi servido depois.

Detalhe

Eles eram felizes. Só faltava encarar a vida.

Nem Passado, nem Futuro

Ele chegou sozinho, sem passado e sem futuro.

O Esconderijo

Foi encontrar a infância debaixo da cama.

Depois da Chuva

Abriu a janela e viu a chuva dobrar a esquina.

Feliz Ano Novo

À meia noite, fez um brinde e soltou um pum.

A Caixa de Pandora

Abriu a caixa e viu que a esperança não estava mais lá.

Manhã de Arlequim

Cansado de chorar pela amada, vestiu-se de arlequim.

O Astronauta

Nunca pensou em morrer assim. Dando cambalhotas no céu.

Sem volta

Nunca tinham voltado lá, onde morava a saudade.

3.3. CONSTELAÇÃO *ÁGUA*

O Lago

Choveu sem parar. Em meu coração, cresceu um lago.

Dia Inesquecível

Nunca esqueci o dia em que percorri o luar. Era Lua Nova.

Quase César

Vim, não vi e, mesmo assim, venci.

Chapéu Antigo

Saudosa, coloquei o chapéu e parti para os anos vinte.

A Caminhada

O futuro veio vindo, passou por mim e seguiu.

A Receita

Fiz uma receita familiar, sem a família.

O Beija-flor

Um beija-flor beijou minha mão. Pensou que fosse flor.

- editoraletramento
- editoraletramento.com.br
- editoraletramento
- company/grupoeditorialletramento
- grupoletramento
- contato@editoraletramento.com.br
- editoraletramento

- editoracasadodireito.com.br
- casadodireitoed
- casadodireito
- casadodireito@editoraletramento.com.br